O CLARÃO

OBRAS DA AUTORA

ROMANCE
O sexophuro, 1981
O Papagaio e o Doutor, 1991, 1998 (França, 1996 e 2023; Argentina, 1998)
A paixão de Lia, 1994
O clarão, 2001 (Finalista do Prêmio Passo Fundo Zaffari & Bourbon de Literatura)
O amante brasileiro, 2004
Consolação, 2009
A trilogia do amor, 2010
A mãe eterna, 2016 (Portugal, 2017; Espanha, 2018)
Baal, 2019 (Semifinalista do Prêmio Oceanos; Prêmio Cedro do Líbano)
Heresia, 2022

AUTOFICÇÃO
Carta ao filho, 2013

ENSAIO
Manhas do poder, 1979
O que é o amor, 1983; E o que é o amor, 1999; O que é o amor, 2019
Os bastidores do Carnaval, 1987, 1988, 1995 (França, 1996)
O país da bola, 1989, 1998 (França, 1996)
Lacan ainda, 2021 (França, 2021; Argentina, 2022; Estados Unidos, 2023)

CRÔNICA
Paris não acaba nunca, 1996, 2008 (França e China)
Quando Paris cintila, 2008

CONSULTÓRIO SENTIMENTAL
Fale com ela, 2007
Quem ama escuta, 2011 (França, 2020)

INFANTOJUVENIL
A cartilha do amigo, 2003

TEATRO
Teatro dramático/Teatro lírico, 2017

O CLARÃO

betty milan

1ª edição

EDITORA RECORD
RIO DE JANEIRO • SÃO PAULO
2024

CIP-BRASIL. CATALOGAÇÃO NA PUBLICAÇÃO
SINDICATO NACIONAL DOS EDITORES DE LIVROS, RJ

M582c   Milan, Betty
          O clarão / Betty Milan. - 1. ed. - Rio de Janeiro : Record, 2024.

          ISBN 978-65-5587-859-2

          1. Romance brasileiro. I. Título.

                        CDD: 869.3
23-86021   CDU: 82-93(81)

Meri Gleice Rodrigues de Souza - Bibliotecária - CRB-7/6439

Copyright © Betty Milan, 2001, 2024

Design de capa e projeto gráfico de miolo: LSD (Luiz Stein Design)

O autor Claudio Willer, que assina o posfácio deste livro, faleceu em 13 de janeiro de 2023 e não deixou herdeiros. Desse modo, de acordo com o art. 45, inciso I, da Lei 9610/98, os direitos patrimoniais de sua obra são de domínio público.

Todos os direitos reservados. Proibida a reprodução, armazenamento ou transmissão de partes deste livro, através de quaisquer meios, sem prévia autorização por escrito.

Texto revisado segundo o Acordo Ortográfico da Língua Portuguesa de 1990.
Direitos exclusivos desta edição reservados pela
EDITORA RECORD LTDA.
Rua Argentina, 171 – Rio de Janeiro, RJ – 20921-380 – Tel.: (21) 2585-2000.

Impresso no Brasil

ISBN 978-65-5587-859-2

Seja um leitor preferencial Record.
Cadastre-se no site www.record.com.br
e receba informações sobre nossos
lançamentos e nossas promoções.

Atendimento e venda direta ao leitor:
sac@record.com.br

À memória de Carlito Maia,
o amigo dos amigos

Tudo na amizade nasce do coração.
Cícero, *De amicitia*

SUMÁRIO

O pedido 11

A rememoração 35

A escrita 73

O prenúncio 95

O clarão do fim 137

Posfácio: Signos ascendentes, *por Claudio Willer* 187

Agradecimentos 191

o pedido

quem

não

está

sujeito

à

crença?

João mudo? Da noite para o dia… Não, isso não. Resta chorar. Ou recorrer à Mãe-d'Água, fazer um pedido.

Ana diz isso para si mesma, pega a rosa do vaso e sai de casa. Atravessa a rua com os olhos postos no mar.

Verdade que João não pode falar, como está no fax? Ou terá sido uma piada de mau gosto? Impossível. Quem ia fazer isso no último dia do último ano do milênio? Para que, Deus meu?

Não querendo acreditar no fato, Ana caminha duvidando do que sabe. Já no calçadão se lembra de uma frase de João enviada aos conhecidos no ano anterior:

PENSO NOS OUTROS, LOGO EXISTO.

A frase não é *penso, logo existo*, e sim *penso nos outros, logo existo*. João não concebe a sua existência sem levar em conta os outros e por isso é querido. Não é só um publicitário, é um filósofo popular. A sua verdadeira estrela é a generosidade.

Nunca mais ouvir João? Ficar sem o "Por que você não faz isso, Ana, se é isso que você de fato quer?". Ou "Você está certa de que o caminho é este? O caminho talvez seja outro".

O amigo faz por ela o que ela não pode fazer por si. Tanto vê quanto ouve o que ela não é capaz de ver nem de ouvir. Por isso mesmo, aliás, ele é um amigo. Quem melhor para clarear as ideias e iluminar o caminho quando a paixão cega?

Na esperança de que Iemanjá receba a flor e atenda o pedido, Ana desce até a praia, que está vazia. Acaricia os pés na areia, movendo-os de um lado para o outro. Com o movimento, ela se afunda um pouco, olha o sol que nasce no horizonte e vai eliminando uma a uma as nuvens.

Até o urubu, que plana voando em círculos, fica radioso no céu. A orla de Copacabana evoca a lua. A praia talvez seja mágica por isso. Ou pela cadeia de montanhas que a bruma torna irreal. Copacabana é a lua e a bruma. A paisagem velada, o mar que cintila... como um céu molhado de estrelas. Uma piroga que passa, um homem na proa e outro na popa. E a gaivota como uma letra no céu, um V que se abre e se fecha e tchum, mergulha para pescar.

Não há uma só nuvem neste primeiro de janeiro e a esperança de Ana cresce. O seu pedido não há de ser feito em vão. A presença da estrela da manhã disso a certifica. Não sabe explicar o porquê e não se importa. Quem não prefere a certeza da cura à incerteza da doença?

Alguns passos e ela está diante de uma cova de areia, duas palmas vermelhas no centro. Olhando para a frente, vê que o chão até o mar é feito das mesmas covas, todas elas abertas ao som dos atabaques há pouco, na madrugada do dia 31.

Ana diz sempre que não acredita em nada e, no entanto, pede à Mãe-d'Água que atenda o seu pedido. A mudez de João é simplesmente inconcebível. Se valia da palavra para tudo e ensinava que, na falta de saída, a gente escapa pela entrada! De repente, só resta o silêncio. O amigo da liberdade está enclausurado, o amigo de Ana, que também se quer livre e, por isso, nele se espelha.

a
graça
depende
do
pedido

Precisa fazer o pedido logo, entregar a rosa para Iemanjá. Por que não subir na Pedra do Leme e de lá jogar a oferenda? Lá de cima, do alto?

Caminha ouvindo o marulho e observando o raio de sol que segue os seus passos. A Pedra de repente aparece como um seio monumental. O seio da Mãe Terra que a Mãe-d'Água acaricia. Ana sente a força e acredita na cura de João.

Para cima, vai pelo Corredor dos Pescadores. Um cacto... mais um. Todos eles como serpentes... A mesma arrebentação de sempre. A onda vem, bate e volta. Dois pés fora da água. Um morto, será? Um menino negro que mergulhou com saudade de Iemanjá. Sau-da-de. Mas a baiana o que faz? Turbante, duas argolas nas orelhas e uma saia de babados até o chão. Branco da cabeça aos pés. A praxe é estar de branco para o pedido. E eu aqui de verde. Iemanjá pode não me dar ouvidos. Mas voltar já não é possível.

No fim do corredor, Ana enxerga o mar aberto, deixando-se tomar pelo azul-marinho que é feito da noite das águas e da luz. *Marinho, azul, azul-marinho,* ela repete.

Para que faz isso?

Para invocar a Mãe-d'Água?

Sabe como é grave o momento. Sabe que do pedido depende a graça. Pode uma atriz ignorar a força da palavra? Não. Mas não é propriamente um pedido que ela faz.

Ana se ouve dizendo: — João não é mudo, ele está mudo.

Murmura a frase até se dar conta de que expressa o desejo de ver o amigo restabelecido. Não é mudo. Vai se curar. O que restaria se João perdesse definitivamente a fala? Sobretudo agora que ela está no Rio e ele em São Paulo. E, ainda que estivessem na mesma cidade, o que restaria? Verdade que só a presença do amigo pode bastar. Mas a impossibilidade de falar é um tormento.

Iemanjá, acrescenta ela, antes de *possa João se curar.* Daí, abrindo a mão, entrega a rosa ao mar.

o

amor

move

o

céu

e

as

estrelas

Descendo a Pedra, Ana vê uma libélula que passa e repassa continuamente. Observa as asas. Tão transparentes que são quase imateriais. Não fosse o corpo, seria só forma e movimento. Não fosse o volume cor de ocre.

A borboleta azul é da cor do céu. Celestial é a libélula que é imaterial, considera Ana antes de ouvi-la dizer: — Que tristeza é essa que torna tão longa a tua hora? Uma dor desesperada...

Ela fala, a libélula fala! Sabe da dor. Mas o que ela pretende?

Antes que Ana possa encontrar a resposta, a libélula recomeça: — Mulher nenhuma é mais bela do que a amada.

Mais do que surpresa, Ana se pergunta por que esta frase e ela daí escuta: — Para você lembrar que o amor move o sol e as estrelas.

Quando a libélula se distancia, voando na horizontal, Ana percebe que a voz é a do amigo.

A voz de João, me envolvendo como uma onda... uma voz sem aresta, como a do pai, dizendo que me amava.

O mistério da aparição da libélula é tamanho que não há como descartar as suas palavras. Ana se concentra em cada uma delas. Sabe a causa da própria dor. Não entende o porquê da referência à amada. Lembra que a frase é de *Romeu e Julieta*, de Shakespeare, mais de uma vez citado por João.

Acaso gosta do amigo porque ele gosta do amor?, se pergunta ela, contemplando o azul no céu.

Ainda descendo, vê um homem idoso que pesca e o cumprimenta.

— Bom dia.

Ele só responde quando Ana acrescenta: — O senhor aí pega o quê?

— De dia, peixe-espada. À noite, linguado.

Está menos interessado em conversar do que em ficar silenciosamente à espera, e ela se afasta. Leva na cabeça o pescador.

Será que ele pesca porque gosta de esperar? Gosta como quem ama? Talvez o peixe interesse ao homem precisamente porque pode ser esperado... E o Cristo de braços sempre abertos espera o quê? Olhos de índio e boca de mulato. Um Redentor que é um mestiço... cuja boca agora se multiplica. Uma, duas, três.

Ana fecha os olhos, mas não tem como se livrar da imagem da multiplicação das bocas, que ela relaciona à mudez de João e à sua própria dificuldade de falar desde que o telefone tocou na véspera e a má notícia chegou pelo fax.

o

amado

brilha

mais

do

que

o

sol

Do Corredor dos Pescadores para o calçadão, Ana corre porque a areia queima os pés. Senta-se aliviada à sombra de uma das tantas barraquinhas do Leme. Bem na frente de uma penca verde-amarela de coco.

Beber o quê? Uma água de coco olhando o Pão de Açúcar e se perguntando por que os turistas tomam o bondinho que desce e sobe até o topo. *Querem ver o Rio lá de cima ou estar suspensos por um fio no céu?*

A água de coco chega trazida por Maria, a dona da barraca, que fala cantando.

— Geladinha. Pode tomar que está boa.

— Obrigada, responde Ana, voltando-se para a praia, onde há mais de uma mulher estendida de bruços, como a ilha sobre o mar.

Nenhuma quer nada, só estar. Elas e as meninas que se enrolam na areia e rolam para dentro da água. Ou os meninos que jogam futebol empurrando a bola com os dedos do pé. Tudo em Copacabana rola, a menina e a bola, e há tudo de que a gente precisa para se eternizar na praia. Especialmente quando em casa ninguém está para te ouvir. "Porque não há homem, minha filha, que possa suportar as tuas oscilações. Porque o casamento não é feito para o teu desassossego, ele é feito para durar."

No chão ao lado uma pomba ora cisca, ora mostra as penas fosforescentes do peito.

O dia inteiro assim ciscando? Ciscando ou andando...
O dia inteiro e a pomba não se pergunta se está perdendo
tempo. Na companhia de João eu também não me pergun-
tava. Com ele eu só ganhei perdendo tempo. Sem a conversa
desinteressada, a amizade não existiria.

Maria se aproxima.

— Vai sair no bloco hoje?

— Hoooje?

— Primeiro de janeiro, ora, o Bloco do Ano-Novo.

— O quê?

— Do Ano-Novo — diz Maria, surpreendida com o esquecimento.

Ana retoma a conversa com outra pergunta.

— Vai sair no Carnaval?

— Fantasiada de Julieta.

— Verdade?

— Para encontrar o meu Romeu.

Pelo menos no Carnaval, Maria, que vive se queixando
dos homens, é como a heroína de Shakespeare, ela é a ama-
da, aquela a que nada pode se igualar. Maria é Julieta que
é Maria, Julieta-Maria. Para a Julieta de Shakespeare,
o amado brilha mais do que o próprio sol. O que é mesmo
que ela diz? Noite da testa negra, me dá o meu Romeu.
Quando ele estiver morto, corta-o em estrelinhas. Com ele,
a face do céu será tão esplêndida que o universo inteiro
deixará de cultuar o sol e se apaixonará por você.

A história de Maria faz Ana pensar na sua, lembrar do marido, Marco, que não é de dizer *eu te amo* ou de se comover com juras de amor e faz pouco de Romeu. *Te amo, te amo, te amo*, repete ele, para ridicularizar o sentimentalismo. Quando não comenta que jura é coisa de adolescente, desqualificando a paixão.

Ana sempre estranha, mas não se opõe. De que lhe valeria a briga? Ficaria o marido ainda mais apegado ao próprio ponto de vista. Pode ele falar o que quiser, ela simplesmente não ouve.

Seja como for, não é para encontrar o seu Romeu que, neste primeiro dia do ano, ela quer trocar de pele. Não mesmo. Ou pelo menos é o que pensa.

Tanto poderia se fantasiar de egípcia quanto de gueixa. O importante é se transfigurar. O porquê disso ela ignora. Por temer que Iemanjá não atenda o seu pedido e o amigo nunca mais possa falar?

quem

não

quer

trocar

de

pele?

O Bloco do Ano-Novo toma o calçadão. Ana paga a água de coco e se aproxima da festa. Na frente, vestido de palhaço, um anão ora dá cambalhotas, ora zomba dos passistas imitando a coreografia.

A gente aqui ri esquecido de todo e qualquer senão...

O anãozinho, o velho e o aleijão.

> *Sa-sassaricando*
> *A viúva... o brotinho... e a madame...*

Momo não discrimina e não deixa ninguém escapar. Rebola que eu quero mais. O que conta é o samba no pé.

O grupo se afasta e Ana apressa o passo. Precisa ir ao encontro do marido. Na véspera, ele já havia perdido a festa por sua causa. Mas podia ela ter gritado Feliz Ano-Novo depois da notícia da doença de João? Apesar dos anos de palco, não teria conseguido dissimular o desalento.

Atravessa a rua e entra no prédio onde mora. No apartamento, a televisão está ligada e Marco se encontra diante do tabuleiro de xadrez, tão indiferente às imagens quanto ao sol do lado de fora.

— Bom dia.

— Até que enfim, responde ele.

— Quebrando a cabeça já no dia primeiro? Você passou o ano inteiro resolvendo um problema de matemática...

— Pois é, e eu agora, para não variar, estou às voltas com um probleminha de xadrez. E você?

— Na praia.

Marco estranha.

— Desde cedo?

— Fui fazer um pedido.

— O quê?

— Por João...

— Nós aqui só falamos de João. No dia 31 e no dia primeiro — acrescenta ele, procurando briga.

Ana não responde. Ou por estar desconcertada ou por não acreditar na possibilidade de ser ouvida. Permanece quieta e imóvel até enfim se aproximar do marido e acariciar sua cabeça. Só o que ela quer é a paz, mas logo sabe do próprio corpo pela mão que desliza por dentro da saia, pelo zigue-zague contínuo da mão.

Teria se afastado, não fosse a ponta dos dedos apertando o seu ventre delicadamente. São dedos que dão a liberdade de recusar e fazem Ana imaginar que está nua. Dedos que a fazem estar em desacordo consigo mesma, porque deseja o gozo sem querer se entregar. Com Marco, ela pode satisfazer o corpo, o coração não se satisfaz.

O fato é que, depois de ter contrariado Ana com a sua irritação, ele a seduz e ela se oferece.

— Por que não agora?

— Já, diz Marco, levando-a pela mão.

a rememoração

o

amigo

é

um

anjo

da

guarda

São quatro e meia da tarde quando Ana acorda ouvindo a libélula dizer coisas incompreensíveis. Com a voz do amigo.

— Possível isso? Estava na Pedra do Leme e agora está no parapeito da janela. Por onde foi que entrou? Pela porta da imaginação?

— Talvez, responde a libélula, que dá uma volta no quarto e, depois, parada no ar, continua a falar do mesmo jeito.

Precisamente por não entender nada, Ana percebe como a voz de João é aconchegante. Aprendeu com ela a gostar mais de si mesma.

Tudo menos esquecer o amigo, diz Ana quando a libélula silencia e, sempre voando na horizontal, se aproxima. O corpo que era ocre agora é azul.

Trata-se de outra libélula ou da mesma, transfigurada? Impossível saber, e Ana vai olhar a paisagem, como se dependesse disso para viver.

A beira-mar... Até da palavra eu gosto. E o mar existe para a gente contemplar, ver que o azul-marinho é a cor da água no fundo e que a água na beira é verde. Até de cor o mar muda quando acaricia a areia. Copacabana é um mirante. O véu que agora cobre a montanha no horizonte é rosa. De manhã era azul. A montanha troca de véu, mais parece uma odalisca. Lá fora é o Oriente, mas aqui... O telefone que não toca, o vaso vazio, sem as flores de João.

Pela primeira vez no dia primeiro do ano. Há duas décadas, desde a minha estreia no teatro.

Ana recorda a estreia como atriz e sente o cheiro das angélicas enviadas por João, do buquê que a deixou tão perplexa. Quem era a pessoa que assinava o bilhete?

Um homem bem mais velho em quem ela viu um pai. Por isso, sem afastá-lo, afastou a possibilidade da cobiça do corpo. Por não ter dado ouvidos à corte que ele fez? Por ter evitado as propostas a que não podia corresponder? Ana só ouviu o que não provocou desencontro, o que levou João a se aproximar mais de si mesmo. Foi amiga até que ele também só quisesse a amizade — tão grande que, mais de uma vez, ela o tomou por um anjo da guarda, pelo que João na verdade era.

De várias maneiras ele a protegia. Anexando, por exemplo, à própria carta a frase:

CONTA NO TEU JARDIM AS FLORES E OS FRUTOS, MAS NÃO CONTA AS FOLHAS QUE TOMBARAM.

Uma frase que ensinava a não valorizar a tristeza, não dar existência a ela por meio das palavras. Indiretamente, incitava Ana a não se queixar, tornar-se tão leve quanto era João, que até nas piores circunstâncias não se abatia. Superava a contrariedade através do humor.

Com o amigo na cabeça, ela põe no aparelho de som um disco dos Beatles.

— Gira, diz Ana autoritariamente, gira que você precisa não ouvir mais o silêncio a que João está condenado.

a
condição
humana
é
inocente

Com a música, transporta-se para a Inglaterra e entra no papel que vai representar no teatro, o da Princesa de Gales. Imagina-se em cena dizendo: "O jornal... Deus meu! Outra manchete descabida. Não basta nascer em berço de ouro para ser feliz. Ora... Como se eu, por ser princesa, fosse bem-nascida. E se dissesse que não sou, ninguém me entenderia. Só os que ao nascer foram acolhidos como eu. Mais uma menina? Por causa do meu sexo, o desconcerto foi geral. O desconcerto para não dizer o luto. O meu nascimento foi um enterro, o do sonho do filho homem que não veio. E isso não se passou no interior da China, mas no coração da Inglaterra. Sim, da In-gla-ter-ra... No ano de 1961. Mais uma menina? O pai anunciou o nascimento sem mencionar o sexo, dizendo apenas que se trata de 'um espécime perfeito da raça humana'. O pai obviamente não sabia que uma frase basta para salvar ou cavar a sepultura alheia, condenar a filha a se casar com um príncipe que só a queria para gerar um rei. Uma menina? Pois que ela não seja amada. E eu fui entregue à monarquia."

Bem fez a princesa ao tornar pública a verdade. Bem fez de se opor a quem menosprezou as razões dela. Foi traída duas vezes. Pelo príncipe, que só a queria para ser mãe dos seus filhos. Depois, pelo amante, que não resistiu à crueldade de revelar a relação. Nem por isso ela fez pouco do amor,

*fez dele uma causa. Lembrou diante de todos que ninguém
pode atirar a primeira pedra e que a condição humana é
inocente. Por isso abraçou a causa dos aidéticos... Por isso
adotou o lema do amigo, o* Penso nos outros, logo existo.

Olhando-se criticamente no espelho da sala, Ana
diz: — Até quando você vai pensar que pode fazer
o papel da princesa com este peso todo? Emagreça
e apareça. E você precisa aprender a andar. Queira
ou não. Inglesa nenhuma rebola. A sua personagem
não é uma princesa tropical e teatro não é Carnaval.
Você não vai se fantasiar de princesa da Inglaterra e
sair por aí. Vai entrar em cena para que ela exista, é
diferente. Quando você aparecer, Ana, apesar de bai-
xinha e morena, o teatro inteiro deve pensar que você
é ela. Se você der ao público essa ilusão, já será meio
caminho andado.

copacabana
mirante
do
azul

Onde estará a pasta azul? A pasta onde Ana guarda as cartas de João desde que o conheceu. O fato de que ele então fosse casado e ela noiva não foi um empecilho na relação dos dois. O casamento com Marco depois também não. Ana não concebia a possibilidade de qualquer interferência e João tampouco. Nenhum dos dois a teria autorizado. Cada um era único para o outro, indispensável. Menos porque precisasse da ajuda do que da certeza de que o outro ajudaria.

Ana se casou e mudou de São Paulo para o Rio, mas a amizade resistiu à distância e ao tempo. O correio então não existia? O telefone e o fax?

A pasta azul já na mão, ela senta e lê o primeiro bilhete de João.

> O nosso amor de agora é só amor
> não é de agora

O verdadeiro amor não pode ser datado. Nem de ontem, nem de hoje, nem de amanhã. O amor dos amigos nunca é de agora, ele precede o encontro. Por isso Ana teve a impressão de reconhecer João no dia em que o conheceu.

Mais de uma vez o amigo tinha enviado um bilhete enigmático em que ela se deteve longamente. Porque acreditava na sabedoria dele e na que podia resultar do esforço de decifrar o enigma.

Confiança, murmura Ana, como se fosse uma palavra-chave. Segundos antes de ver na estante a estatueta de Nossa Senhora de Copacabana abrir a boca.

Outra ilusão?

A pergunta não a impede de ouvir: — Existe o tempo de não ver e o momento de enxergar a luz.

E eu com isso agora faço o quê? Tempo de não ver, momento de enxergar... O que quer a santa dizer? Que é necessário esperar para saber? Que a gente não encontra o caminho só porque procura? Seja como for, o tempo é longo porque é feito de espera, e o momento a gente não sabe quando é.

Embora confusa, Ana não afasta as palavras da santa. Pronunciando o nome dela, lembra que *Copacabana* vem da língua dos indígenas da Bolívia, de *kota kahuana*, e significa *mirante do azul*.

melhor

empatar

do

que

vencer

Kota kahuana... mirante do azul. A santa falou do momento de enxergar a luz e Ana se disse que talvez fosse ali mesmo, em Copacabana, e voltou para a pasta azul.

— Se você diz que me ama, prove.

— Impossível, as provas são para os atletas, e não para aqueles que se amam e nada mais.

Lendo o diálogo, ela ri.

Não pôde rir no dia em que João enviou o bilhete para insinuar que o amor não requer provas. O amigo fez isso por ter ouvido Ana repetir que ia embora de São Paulo com Marco "só para dar ao marido uma prova de amor".

Os atletas são os atletas, diz ela para si mesma, olhando da janela o futebol de praia, a disputa acirrada pela bola.

Nada a ver com o que ocorre entre os amigos. João agradecia quando Ana se opunha a um ponto de vista dele. "Não fosse você, eu não teria me dado conta." Ana nunca se opunha para ganhar e João achava melhor empatar do que vencer. O contrário de Marco, que quer a vitória a qualquer preço. A vocação do amigo é a paz, a do marido é a guerra. Ana se pergunta até quando vai ficar calada para continuar casada.

O interfone toca.

— Vão cortar a luz, diz o zelador.

— Logo hoje!

— Pois é, dia primeiro.

— Por quanto tempo?

— Não sei, responde ele, já desligando.

O homem está com pressa... Vai sair no bloco, encontrar a Julieta dele. Maria, talvez. São cinco e meia da tarde. Resta aproveitar a luz do dia.

Ana tira mais um bilhete da pasta azul.

Para o rapaz saber, aos dezoito anos, em que circunstâncias ele veio à luz.

O texto é do dia em que o filho de Ana nasceu. Acompanhava os jornais da manhã. Quando fizer dezoito anos, entrego o bilhete e os jornais, se diz ela.

João tanto havia saudado a sua estreia no teatro quanto o seu parto. Por ser amigo da liberdade, tanto a queria livre para o palco quanto para a maternidade.

a
força
da
palavra

Ana dobra cuidadosamente o bilhete, ouvindo o canário na área de serviço. Para estar menos só, põe a gaiola no chão da sala.

A cor do canário faz pensar no cabelo da princesa de Gales, e Ana se exercita no papel: "Foi aos seis anos. Acordei e não a vi. *Mamãe, mãe...* Não houve explicação. Frances nunca mais voltou a Park House. Só me aparecia quando eu estava sozinha. Ficava me olhando e depois sumia. Papai, nós encontrávamos com hora marcada, no fim da tarde. Não porque Jonnie fosse cruel, como mamãe alegou para justificar o divórcio. Papai era distante e fez o que pôde. No meu aniversário de sete anos, conseguiu inclusive um camelo no zoológico e nós passeamos a tarde inteira. Adorei, mas nada me compensava a ausência de Frances."

Pobre Frances, foi genitora e não pôde ser mãe. O melhor ela perdeu. Dar à luz e não cuidar do filho! Que sina! E, não fosse a peça, eu nunca teria pensado nisso. Não fosse o teatro. Preciso tanto da luz dos refletores quanto da luz do sol. João sempre soube disso. Enviou flores em todas as estreias e não faltou a nenhuma. Agora como será? A estreia sem o buquê, sem o amigo... o labirinto do silêncio. João e eu condenados a ele. Mas do labirinto a gente pode sair. O herói grego que entrou chamava...

— Teseu, diz a libélula, falando da estante.

— E ele saiu como?, pergunta Ana, que já não estranha a aparição.

— Com o fio de Ariadne...

— Sim, foi. Amarrou o fio no pilar da entrada e seguiu em frente desenrolando o carretel, que serviu para achar a saída...

— Mas não foi só isso, Ana. Além do carretel, Ariadne deu a Teseu as palavras.

— O quê?

— As palavras de que ele precisava para sair: "Você com o fio encontra o caminho de volta. Certeza. Vai. Pode ir."

Sem mais, a libélula deu uma volta sobre si mesma, bateu as asas transparentes e desapareceu.

A libélula fala e vai embora, me deixa com vai, pode ir. De que me servem essas palavras quando o labirinto é o do silêncio?

Pergunta e depois olha o mar, o verde que é quase cinza e o branco da onda se renovando. Olha o céu e vê a lua em cima da nuvem cor-de-rosa. Quer ser uma palmeira para estar continuamente sob aquele céu. Ou um pássaro, para atravessá-lo...

Esquece o relógio vendo na praia duas mulheres que ora falam, ora se acariciam. O corpo de uma é o santuário da outra. Têm o tempo que quiserem para se amar e tanto escrevem quanto leem versos na areia. São livres, não vivem amordaçadas como Ana no casamento. O amor oferece o céu e não teme o inferno, se diz ela.

o
amigo
é
oportuno

Tomada pela cena de amor, Ana ainda está na janela quando o relógio bate seis horas da tarde. Esqueceu da vida olhando as mulheres. Melhor teria sido refletir sobre o que lhe falta. Decerto não faz isso porque não acredita que o amor também seja para ela.

No calçadão, um palhaço agora se equilibra sobre duas pernas de pau enquanto um menino brinca de puxar a perna da sua calça. Ninguém passa sem rir e Ana ri também. Talvez por ter rido e estar triste, se lembra do amigo dizendo *tenho vocação para a tristeza, mas creio demais na alegria.*

Ana sente vontade de seguir o palhaço e se alegrar na rua, mas não consegue. Está presa à pasta azul. Como se no passado houvesse uma solução para o futuro.

Pega um envelope que se destaca pelo tamanho e tira três fotografias já amareladas.

São da festa onde João encontrou Marco, que está contrariado e parece fazer a mesma pergunta nas três: *Por que você gosta dele?* Ana nunca soube, nem agora saberia responder. João também não seria capaz de explicar por quê.

Para eles, a questão não fazia sentido. Podia um afirmar que apreciava isso ou aquilo no outro, mas a verdadeira razão era ignorada pelos dois.

O fato é que havia grande afinidade. O conselho de um era tão acertado para o outro, que um mais confiava no outro do que em si mesmo. E, além do conselho certeiro, havia a liberdade de falar sem medo. *Diga*, insistia ele, sempre que ela hesitava em contar o que a atormentava. E daí, simplesmente por dizer, ela descobria uma saída.

Porque João a escutava, Ana se ouvia.

a luz
da
esperança

Vale-se da última réstia de luz para ler mais um cartão.

Deixar o teatro e só cuidar do menino?
Talvez não seja uma boa ideia.
Você tanto precisa do teatro quanto do filho curado.

Viu que no verso do cartão havia girassóis — corolas gigantes e pétalas amarelas como raios. Lembrou que veio num buquê de flores do campo — pequenas corolas de todas as cores.

Deixar o teatro. Que ideia! Como se eu pudesse viver sem me transfigurar. Como se eu não sonhasse os sonhos da personagem, não mudasse até a maneira de ser por causa da interpretação de um papel. Só por ter sido Joana d'Arc eu hoje sustento o meu ponto de vista. Só por ter interpretado Joana, enfrentado o inquisidor e dito que, se estivesse sendo julgada e visse o fogo aceso e os carrascos prontos, não mudaria de ideia.

Ana guarda o cartão na pasta e se olha no espelho.

Cabelo crespo. Um ancestral negro, certamente. Preciso de uma peruca loira para ser a princesa de Gales e rememorar a infância triste em Park House ou atravessar a porta da catedral vestida de noiva como se entrasse no paraíso. Quem, chegando numa carruagem de vidro, não teria essa ilusão? E a cauda de sete metros se espraiando sobre a escadaria? Véu flutuando na brisa e buquê de rosas, orquídeas e folhas de louro.

Quem tem pele morena como eu só pode ser a princesa de Gales no teatro, que tanto permite mudar de corpo quanto de alma. Até permite que eu seja uma freira. Ou mesmo uma santa. Teresa d'Ávila, por que não? Ainda que fosse só para perguntar: "O que é que o amor não consegue?" Ou confessar que, de tão grande a paixão, já não há como ser dono de si. Só em cena se pode dizer isso. Dizer e sentir. Tudo, menos deixar de ser atriz.

Ana sabe que sem o palco teria sucumbido durante a doença do seu menino. Sem o palco e sem as frases enviadas por João. De uma ela nunca esquece:

SÓ A PACIÊNCIA É FEITA DE ESPERANÇA.

Com essas palavras, percebeu que a sua impaciência era contrária à cura, porque dava a entender que não confiava nela.

o
amigo
escuta

Paciência, repete, antes de ver no vaso, até então vazio, um buquê de brincos-de-princesa. Surpreendida, ela fecha os olhos, cerrando as pálpebras.

Por que enxerga flores onde não há?, pergunta e conclui que não é dona de si.

— Ora, diz a libélula, depois de se sacudir e pousar na borda saliente do vaso. — Quem pode, em sã consciência, dizer que é dono de si? Julieta acaso deixa Romeu porque ele é filho do maior inimigo do seu pai? Ela é da família Capuleto; ele, da família Montéquio...

— E eu com isso? Com Julieta?, protesta Ana, olhando os olhos multifacetados da libélula, que continua:

— Romeu também não teve dúvidas. Quando a amada pediu que trocasse de nome para se casar, ele renegou o pai e a mãe: *Me chama de meu amor, Julieta, e eu estarei rebatizado.*

— Bonito.

— É por isso, aliás, que vale a pena não esquecer.

— Não esquecer o quê?

— Que o amor vale a pena.

A libélula deu uma volta na sala e saiu pela janela.

O que ela quer? Por que cita Shakespeare? Para eu perceber que o vaso da sala está vazio? Que só por ter tomado os buquês de João por juras de amor eu nunca saí à cata de um Romeu? João me chamava de princesa... *bem-vinda, princesa, ele escreveu num dos seus bilhetes. Frase que me valeu mais uma explosão de ciúme de Marco.*

O marido não sabe o que pensar da constância do amigo. Da alegria da esposa a cada carta. Por que Ana é tão fiel a João? Por que lhe escreve ela com tanta frequência, sem nenhum motivo aparente ou a cada vez que surge um problema? Marco não para de remoer essas ideias e se debate contra um ciúme que acha indigno de si. Um ciúme independente da certeza de que João nunca a tocou.

O que fazer com Marco?, se pergunta Ana neste interminável dia primeiro, olhando no horizonte o farol que agora pisca e os petroleiros como postes iluminados.

O que fazer com um marido que afasta o sentimento para não ser um sentimental, é contrário às coisas do coração, mas se entrega ao ciúme? Como resolver a contradição?

Para Ana, a diferença entre os dois homens é clara. Marco é o marido e o pai do seu filho. Com João, vive uma história em que o sexo não existe. O corpo do amigo só importa porque a certifica da presença dele. Na ausência, é da sua palavra que ela mais sente falta.

Considerações pelas quais Marco não se interessaria. A existência de João é, para ele, a prova de uma insuficiência sua cuja natureza ele prefere ignorar.

Por não suportar a ideia de uma insuficiência qualquer? Ou por querer ser tudo para a esposa? O fato é que ele não é capaz de escutá-la e a deixa só consigo mesma, com a falta de João, que possivelmente faz falta porque, ao contrário de Marco, acredita que a perfeição não é deste mundo.

quem

conta

suspende

o

tempo

Ana fecha os olhos, mas não descansa.

O telefone. Olha fixamente o telefone e não ousa levantar o gancho para saber por que João não dá notícias — o aparelho que até então era neutro parece ter se tornado nocivo, e ela se pergunta que verdade vai chegar através dele.

O telefone toca. Ouve o próprio *alô* e logo, do outro lado, um silêncio assustadoramente novo — de alguém querendo fazê-la escutar a respiração. *Alô, alô...* Ana se repete, menos na esperança de uma resposta do que para escapar ao silêncio que ela escuta — porque já sabe que se trata de João impossibilitado de falar, valendo-se da respiração a fim de comunicar que está vivo.

Abre os olhos e passa a sala em revista para escapar das cenas da véspera, porém não consegue. Vê-se repetidamente com o gancho no ouvido, escutando o amigo respirar e balbuciar o em da letra *eme* até que ela dê o sinal de fax. Pega a página e lê a palavra *mudez*.

Levanta e dá voltas na sala ouvindo o silêncio de João, o *em* que bateu como um raio e a fez dar o sinal de fax como um autômato.

Só de dizer em, em, em *ele agora é capaz. Nem a palavra João forma. Está como alguém que só pode andar em linha reta, é incapaz de qualquer devaneio. Um verdadeiro robô. Mas será mesmo que ele nunca mais vai falar? Que ele não mais estará para contar e suspender o tempo?*

Faz a pergunta e olha o relógio da parede. Lembra-se da avó já falecida acertando todos os dias os ponteiros e diz a si mesma que a avó, com a vida, havia legado o tempo — senão a morte. Para escapar à comoção, lê a hora no relógio de pulso. Quase nove.

Marco onde estará? Perdeu-se no Grito do Carnaval? Justo neste primeiro dia do ano, que não é especial por ser o primeiro, mas por causa do drama de João?

Nós aqui só falamos do seu amigo, Ana. Foi só isso que Marco me disse. Adianta me queixar? E conjugar diante dele o verbo sofrer adiantaria? Eu sofro, tu sofres... Ora, Ana, o que é que você quer de mim? Não sei o que fazer para você sair desta. Não sei o que dizer. Por que você não procura um psicanalista? Só ele pode te ajudar. Só ele... Marco diz isso porque não me ama.

a escrita

não
fossem
as
suas
palavras

Quando Marco entra, a sala está no escuro. Queimou a lâmpada ou a luz foi cortada? Encontra logo uma vela e acende.

Vendo a esposa no sofá, estranha o fato de que ela não tenha tido a mesma iniciativa.

— Você não está bem? — pergunta.

— Descansando, responde Ana, com os olhos no chapéu que Marco segura, feltro vermelho e pingente dourado. — Você não contou que ia sair no bloco.

— Não ia mesmo. Saí porque o seu filho insistiu. Fomos juntos e eu voltei sozinho. Ele ficou por lá.

— O chapéu parece de turco.

— Parece não, é. O pai e o filho de turco. Só faltou você.

— O pai, o filho e o espírito santo, a Santíssima Trindade — comenta ela ironicamente.

— Você, aliás, podia ter se fantasiado de Xerazade, como sua amiga.

— Quem?

— Vera. Ela vai te telefonar amanhã.

Marco fala e já sai levando o canário. Pôr água no bebedouro da gaiola.

Ana fica com a amiga na cabeça.

Por que foi que Vera desapareceu depois de ter mudado de teatro? E agora encontra Marco vestida de Xerazade. Justo Vera, que nunca foi de contar nada. Sempre tão calada... Bem verdade que adorava ouvir, fazer de quem quisesse falar da vida uma Xerazade no seu camarim. A pessoa contava até o teatro fechar. Como nas Mil e uma noites. *Só que a Xerazade do livro não fala da sua vida, ela fala para viver. Estava condenada a passar a noite com o sultão e morrer depois. Conta para escapar à morte... O que ela conta é uma história que não termina na hora em que o sultão precisa sair. Desperta a curiosidade e não a satisfaz. Com isso, o cumprimento da pena é adiado para a manhã seguinte. Mil e uma vezes... Xerazade conquista a vida por causa da determinação, mas só com a palavra. E João vai viver como, agora que nem pedir ele pode, está reduzido a dar ordens, passar fax, usar a palavra como um chicote, obrigar os outros a agir? Como, agora que ele involuntariamente transforma todos em autômatos?*

Ana não tem sono, mas quer dormir. Por isso, toma um comprimido. Importa dormir sem sono quando a finalidade é se apagar?

não

começar

a

parar

e

não

parar

de

começar

Dorme e acorda no dia 2 de janeiro com a libélula falando.

— Na falta de saída, a gente escapa pela entrada.

Teria estranhado se não se lembrasse da pergunta que ela se fez na véspera: "E João vai viver como, agora que nem pedir ele pode, está reduzido a dar ordens?".

Óbvio que a fala da libélula é uma resposta a isso, mas concretamente o que significa?

Antes de saber, ouve: — Nenhuma frase de João é gratuita.

— E daí?

— Procura uma saída, Ana. Com o fio de Ariadne, o do coração. — Ao falar isso, a libélula que era ocre se torna azul.

O que tem a mudança de cor a ver com o fio do coração? A cor acaso depende das palavras? Pudesse eu acordar Marco… Sete horas é muito cedo, ele vai se irritar, claro.

Ana desce até a praia.

O coco espalhado e as pombas comendo a carne. Uma que sobe no coco. Outra que mostra o peito fosforescente. Tudo em Copacabana brilha. E Vera onde está? se pergunta Ana. Mais de uma vez ela deu um bom conselho. Por ser atenta, ouvir o que precisa ser ouvido e só dizer o que pode ser útil.

Com a amiga na cabeça, Ana logo sobe. Menos de uma hora e o telefone toca.

— Feliz Ano-Novo, diz Vera, antes mesmo do *alô*.

— Obrigada.

— E aí, como vai?

— Menos bem do que poderia, responde Ana, para logo falar do amigo, do seu fax.

— E ele só escreveu a palavra *mudez*?

— Só.

— Que estranho! Seja como for, uma palavra é uma palavra.

— Não entendi.

— João quer que você se comunique com ele. Por que você não escreve?

Ana continua calada. Dizer o quê para o amigo?, pergunta-se. Ou porque a mudez dele a deixe muda ou porque também ela padece da impossibilidade de falar.

— Alô, diz Vera, querendo se certificar da presença da outra, que primeiro responde *Oi*, como se acordasse, e depois: — Obrigada pelo conselho.

Por saber que a situação é delicada, Ana pensa várias vezes e, por fim, escreve para João.

Recebi o fax, a palavra que você me enviou. Antes de ler, ouvi a sua respiração e escutei o silêncio. Sei que você não pode falar, mas nós podemos nos escrever e estou à espera de mais um fax seu.

Lê uma primeira vez e acha que está bem. Relê para ter certeza e anexa uma frase do próprio João.

NÃO COMEÇAR A PARAR E NÃO PARAR DE COMEÇAR.

o

poema

é

para

quem

dele

gosta

A resposta do amigo chega no mesmo dia.

Me dei conta de algo estranho. Não soube o que se passava comigo. Agora sei que não sou capaz de falar. Um comunicólogo que não se comunica!

Por sorte resta o humor, se diz Ana, resta a escrita. Com a escrita, ele se torna presente. Por que não se valer novamente do fax para fazer João se comunicar? Pensa e escreve.

Lamento não te ouvir, não escutar as tuas histórias. Mas isso não me separa de você. Quando soube do ocorrido, me lembrei dos versos de um poeta, cujo nome ignoro, porém você sabe — por ter me enviado o poema.

Apaga-me os olhos, ainda posso te ver
Tapa-me os ouvidos, ainda posso te ouvir
Mesmo sem boca posso te invocar

O poema não parece ter sido escrito para nos encorajar?

A resposta de João tarda, mas Ana enfim recebe um buquê de rosas vermelhas ainda em botão e um bilhete.

Do nome do autor dos versos eu não consigo me lembrar, mas sei que o poema foi concebido para nós.

O poeta não me conhece e não sabe quem é João, mas escreveu para qualquer um que goste dos versos. Portanto, para nós. O poeta pensa no outro. Mesmo quando escreve na primeira pessoa, "Apaga-me os olhos", "tapa-me os ouvidos", ele diz o que sente, fazendo quem lê sentir.

— Do contrário, não seria poesia, acrescenta voando em círculos a libélula, cujas asas transparentes cintilam e cujo corpo ocre agora brilha como se fosse um topázio.

Mais parece uma joia rara suspensa no ar. Tanto poderia ser o símbolo da amizade quanto o da poesia — mesmo porque o amigo e o poeta são irmãos, filhos de uma mesma mãe, Delicadeza.

brincar

é

preciso

Depois do bilhete, Ana recebe um livro e logo responde, antes mesmo de abrir.

Vou ler *O mudo*, mas desde já obrigada. O simples fato de você ter me enviado o livro me alegra. Olhando para ele, eu me digo que a doença não te domina, que você se tornou mais livre por ter aceito a sua condição.

Passada uma semana, talvez por causa da resposta, o amigo publica no jornal um artigo sobre o seu jogador de futebol preferido, Alegria, "que mais se esforça para contentar a torcida do que para ganhar".

Lendo, Ana entende o porquê do nome do jogador e do interesse de João por ele. Por ter uma perna mais curta do que a outra e as duas tortas, poderia ser chamado Aleijão, mas, pelo modo como joga, é Alegria. Do corpo que pende mais para um lado, ele se serve para dar a impressão de que vai chutar. Vence desnorteando o adversário. Dribla um depois do outro, até enfim o próprio goleiro. Apesar da deficiência, leva sempre a melhor. Como se fosse um mágico, oferece a ilusão de que o impossível se tornou possível. Com ele, o estádio ri. Sobretudo porque Alegria brinca com a bola, com ela faz embaixadas, uma, duas, três... Chama-a de você e a acaricia como se fosse a namorada. Vendo o jogador, a plateia segue para um país onde a brincadeira conta e o dinheiro não pode tudo, o país da bola.

E Ana, que havia se limitado a torcer, agora precisa entender o jogo — o passe, o drible e o gol. Por causa da paixão do amigo pelo futebol? Ou para aprender a contornar o obstáculo?

O fato é que ela quer estar em sintonia com João e para isso tudo faz, como não é de se estranhar. O que mais importa na amizade então não é coincidir? Na amizade, sim. No casamento, nem sempre. Marco não está para coincidir e ridiculariza o interesse da esposa pelo futebol: *Por que você não troca o sapato pela chuteira?*

Para evitar briga, Ana não dá ouvidos e não contesta. Mas nada a impede de ler livros sobre Alegria ou ver os vídeos que encontra.

E, um tempo depois da publicação do artigo de João, ela escreve para o amigo:

> Queria eu ter jogado futebol, brincado de bola me valendo também dos pés.

Não tendo enviado o fax, acrescenta na manhã seguinte:

> Com Alegria eu redescobri o faz de conta, que me faz sonhar.

o
faz
de
conta
para
viver

Passada uma semana, Ana recebe uma orquídea e a resposta de João: "Só o *faz de conta* me faz agora sonhar."

Sob a frase, escrita no computador, o nome do amigo carimbado.

Por que o carimbo? No bilhete anterior, ela não viu assinatura. O que teria acontecido? João já não consegue mais fazer as letras com a mão, só é capaz de escrever no computador. Onde está o livro, *O mudo*? Relê um capítulo e conclui que é verdade.

A resposta do amigo, *só o faz de conta me faz agora sonhar,* então se torna clara. João precisa fugir da própria realidade continuamente.

Ana fecha os olhos e adormece. Sonha com a libélula planando sobre um lago e acorda com ela no sofá dizendo: — Você é amiga do possível.

— O que significa isso?

— Querer o que a gente pode, responde a libélula.

— Isso é sinônimo de desistir.

— Desistir do impossível para ser livre.

— O quê? Não entendi.

— Só quem quer o que pode é livre.

Só quem quer o que pode… Será por isso que João aconselhava a só contar as flores e os frutos e não as folhas que tombaram? Contar as flores e os frutos é falar do que é bom. Não contar as folhas tombadas é não lamentar o que está perdido, é não dizer agora o que eu sei sobre o estado

*de João. Devo fazer de conta que não sei para ser amiga
do possível.*

E ela então escreve:

Sua resposta me intrigou. Pensei na criança e no
artista. A criança faz de conta sem saber o que faz.
Já o artista sabe, e, diante do inevitável, nós podemos
nos valer dele como exemplo. Você um dia me disse:
"Quando a porta está fechada, a gente escapa pela
janela." Nós estávamos no Leme.

*Mando por fax ou pelo correio? O fax, como o jornal, é
feito para a gente ler e jogar fora. Já a carta está destinada
a ser relida, e é isso que eu quero. Sim, que ele me leia e
releia. João não consegue assinar o nome, mas, se fizer o
que disse no Leme, encontra uma saída, escapa pela janela.*

o prenúncio

cor

de

sangue

Ana arruma o vaso da sala quando a campainha toca e o telegrama chega, a notícia do derrame. Quem assina é a filha caçula do amigo, a equilibrista.

No vermelho dos hibiscos, Ana vê a cor do sangue e perde os sentidos. Ao acordar, uma hora depois, percebe que está deitada no sofá e vê Marco ao seu lado.

— Você leu o telegrama?

— Sim, responde ele, já perguntando: — Você, Ana, você?

O que quer Marco com a insistência na palavra *você*? Me dizer que o derrame de João não importa?

Ana se limita a um *Vou como posso* antes de sair da sala irritada.

Marco é frio, pensa, lembrando da peça, do que a princesa diz: "O pior não foi o príncipe Charles ter ido para a lua de mel com as fotos da amante, e sim ter pedido a ela que escolhesse a futura esposa. Por que não Diana? Pode vir a ser uma boa mãe."

Ana se pergunta por que Marco é tão frio.

— Porque nem tudo se pode, responde a libélula.

Ana sabe que é ela porque reconhece a voz de João.

— Querer não é poder, acrescenta ainda a libélula, pousando no braço da cadeira com seus olhos multifacetados cintilantes, como marcassitas que tivessem sido lapidadas.

Marco talvez não possa se entregar ao que sente. E eu para a filha de João, respondo o quê? Por que ela telegrafou em vez de telefonar? Uma resposta formal não é concebível. Devo ou não ir à casa dele? E se ele agora estiver no hospital?

Telefona em vão. Por fim, envia um fax para a caçula.

Obrigada por ter me informado do derrame. Mas agora o estado de João qual é?

flower power

O telefone não toca. O fax não chega. Mas Ana lê no jornal um artigo sobre João.

Bem faz o jornalista de mencionar os amigos conquistados com frases e com flores, se diz ela. Qualifica corretamente o poder de João: *flower power*. Porque o poder dele só depende das palavras e dos cravos, rosas, crisântemos. Mas, da sua vida, o jornalista só fala que não foi à escola na infância, era *office boy* e se tornou sargento antes de ser publicitário. Podia ter incluído o verso que ele mais citava: *Caminante, no hay camino, se hace el camino al andar.* Citava por ter se tornado quem é só contando consigo mesmo, sendo o seu próprio mestre.

O artigo não é exaustivo, porém dá ênfase à sabedoria do amigo, publicando frases como:

VENCI NA VIDA PERDENDO, SENDO UM FRACASSO BEM-SUCEDIDO.

Uma declaração que faz Ana pensar.

Como foi que João venceu perdendo? Deixando talvez a sua fragilidade aparecer... Não querendo ser perfeito e não se opondo frontalmente a quem quer que fosse. Só se opôs dando a entender que o importante é o acordo e não o fato de ser ou não o vencedor. A filosofia dele se resume nisso.

Ana se lembra de uma outra frase:

EVITE ACIDENTES. FAÇA TUDO DE PROPÓSITO.

A libélula pousa na mesa, batendo as asas, e fala.

— Isso significa que é preciso fazer sabendo.

— O quê?

Sem dar importância à questão de Ana, a estranha interlocutora continua:

— As paixões humanas são três, a do amor, a do ódio e a da ignorância. Ninguém está a salvo de nenhuma delas, mas é possível não se entregar à ignorância, abrir mão de não saber.

Abrir mão de não saber... De onde esta libélula saiu? De algum tratado de filosofia? O amigo escreveu a frase por causa do acidente de trânsito em que perdeu a mãe? Na época, João também havia escrito:

QUEM TEM MÃE NÃO SABE O QUE ESTÁ PERDENDO.

Um tempo depois, criou a campanha GUIE SEM ÓDIO. *O que mata é o ódio. A ignorância e o ódio.*

o

tempo

é

que

diz

A filha de João enfim se manifesta. Quem entrega a carta é Marco.

— Deve ter dado umas boas voltas no correio.

Vendo as letras borradas, Ana comenta: — A sorte depende de um pingo d'água, não é? Seja como for, basta estar à espera para que a carta não chegue.

— Mas agora ela está nas suas mãos. Por que você não abre?

Faz o que o marido sugere e vê que se trata de um telegrama em forma de carta.

O pai voltou numa cadeira de rodas. Mas ele felizmente consegue ler.

— E então?, indaga Marco, inquieto.

Ana simplesmente mostra o texto.

O que dizer?, pergunta-se Marco depois de ter lido. O que dizer para que a esposa seja realista e tanto considere o fato de que João é capaz de ler quanto o de que piorou? Ana terá um dia que aceitar os fatos, a doença e a morte.

Olha fixamente para ela e conclui:

— João pode ler, só que está paralítico...

Que frase mais estranha, pensa Ana, antes de responder abruptamente:

— Preferia que você tivesse dito: João está paralítico, só que ele pode ler.

Passados dois dias, ela encontra na resposta abrupta
que deu ao marido as palavras para o amigo. Decerto
porque ninguém percebe imediatamente o alcance do
que diz.

Ana então escreve.

Sei que você agora está paralítico, só que você
pode ler.

A isso anexa um provérbio antigo: *Quem lê sempre
colhe.*

você
pode

O céu encoberto promete chuva, mas Ana vai ao correio. Para que João receba a carta no dia seguinte ou, no máximo, em 48 horas. Um tempo que já é longo demais para quem não consegue falar e agora está numa cadeira de rodas.

Volta pensando no que escreveu, no *você pode ler*. Isso acaso não significa que ele ainda pode escrever? Quem reconhece as palavras deve ter como formá-las.

Diz isso logo que Marco abre a porta do apartamento.

— O quê, Ana? O quê?

— Eu disse que, por ser capaz de ler, João deve ser capaz de escrever. O que você pensa disso?

— Não sei.

— Não sabe? Ora, então pensa.

Será mesmo que este homem só se interessa pelos números? Vive para a matemática... Pode a casa cair.

— Ana.

— O quê?, responde ela irritada.

— É complicado...

— Por quê? Quem lê, escreve.

— Será mesmo?

— João é capaz de formar as palavras.

— Só que entre formar na cabeça e na mão há uma diferença.

— Basta a mão não estar paralisada e ele digita no computador.

— Numa cadeira de rodas, Ana?

— Por que não?

— Com um computadorzinho instalado no braço da cadeira...

— Claro, Marco, vou sugerir isso agora mesmo.

Ele sai e ela fica pensativa.

Como pode ele ter dito Não sei, *quando foi ele que depois achou a solução? Será que Marco não tem como abrir mão de não saber? Talvez não. A libélula diz que nem tudo se pode.*

o

amigo

consola

o

amigo

Para Ana e Marco o tempo importa pouco. Para João, cada minuto é um a menos.

Passados dois dias, Ana recebe uma carta do amigo, ou melhor, uma carta escrita pela caçula sob a orientação dele. Acompanha um buquê, o maior dos enviados por João. Duas dúzias de lírios brancos — como no dia do nascimento do filho.

Um buquê idêntico por quê?, pergunta-se ela antes de ler o texto.

Não tenho como não contar que só me resta pouco tempo.

Venha o quanto antes.

Um único parágrafo em que João primeiro anuncia a morte e depois pede à amiga que o visite, valendo-se de um *não tenho como não*. A frase equivale a *sou obrigado* e Ana conclui que a amizade agora impõe a despedida.

Conclui, levanta abruptamente e sai. Possível ficar em casa com aquela carta, dizendo-se sentada numa poltrona, que em breve João não mais estará?

Andando, ela escapa à ideia fixa. A marcha não cura a angústia, porém faz observar o que está à sua volta, e, com isso, faz esquecer. Só para de andar quando a libélula, traçando um zigue-zague no ar, aparece falando.

— Você precisa mesmo andar assim? Serve para esquecer que o tempo dele está contado, mas você com isso também esquece que João está vivo.

— Verdade, diz Ana, vendo que a cor da interlocutora mudou.

Será ela verde para chamar a atenção? Ou pelo que diz?

— A esperança é a única luz…

— Verde da cor da esperança, exclama, antes de perceber que já está longe de casa.

O que fazer? Táxi não passa. Só me resta telefonar para Marco. Pedir que venha me buscar. Será que ele pode? Não custa ligar.

Ignora o nome da rua onde está e se informa no bar.

— Rua do Meio… e a senhora bebe o quê?

— Água, responde ela, distraída.

O garçom vira as costas antes que Ana possa perguntar onde há um telefone público. Deixa-a passando de João a Marco e deste àquele, até se lembrar de que a Rua do Meio é a de Vera.

Um acaso estranho. Alguma razão deve haver para que eu tenha chegado à rua de Vera, que também é amiga de João.

desesperar-se

é

não

querer

saber

Como não há telefone, Ana resolve simplesmente chegar, contrariando o hábito de nunca se apresentar na residência alheia sem ter combinado.

A luz da entrada está acesa. Procura a campainha ouvindo um piano, o dó em todas as oitavas, o ré e assim por diante. Como se o instrumento estivesse sendo testado.

Estranha o som por não haver piano na casa, porém ousa se anunciar.

— Ana querida... Você por aqui?

Vera a introduz na sala, apontando o piano de cauda.

— O Príncipe, diz ela, acariciando o bojo preto envernizado e deslizando depois teatralmente o indicador sobre as teclas. — Arrematei num leilão. Só falta afinar.

A alegria de Vera é tamanha que Ana se esquece da sua angústia e cumprimenta o Príncipe com um *boa-noite* quase cantado. Depois, baixa os olhos e se distancia até Vera perguntar se ela está bem.

Deseja responder e não pode, porque quer falar da carta de João, mas também quer poupar a amiga, que não sabe do derrame. Na indecisão, acende um cigarro. Duas tragadas e a tosse de quem não fuma.

— Toma água, diz Vera, já pegando a jarra da sala e enchendo um copo para Ana, que bebe e começa a falar.

— João...

— O quê?

— Ele agora teve um derrame... é o fim.

— Verdade?

Ana tira da bolsa a carta e mostra.

Vera lê, escutando a amiga chorar.

O fato de ter dito *é o fim* faz Ana acreditar que a morte de João se aproxima, e ela se entrega às lágrimas como antes ao impulso de andar. Por que este choro de quem nunca vai parar? De quem nada pode ouvir ou ver, fechou todas as portas e janelas? Desespera-se para não ter consciência do que sabe, por amar João como se ele não devesse morrer. Desespera-se para esquecer que é tão mortal quanto ele, para não pensar que, se o amigo morrer antes, ele simplesmente a antecipa.

Quer ignorar o que sabe porque ainda ignora que só não perde a vida quem não se esquece da morte.

o
latim
é
necessário

Ana se comporta como quem, tendo sido roubado, prefere lamentar o azar a declarar o roubo e evitar maiores danos. Percebendo que o silêncio só agrava a situação, Vera chama a amiga até que ela destampe o rosto e responda: — O quê?

Apesar da vontade de consolar, Vera simplesmente diz: — João talvez esteja no fim, só que ele está vivo e quer te ver.

— Não posso ir à casa dele.

— E o que te impede?

Ana demora para balbuciar a palavra *medo*.

Trata-se de um temor cujo motivo ela desconhece e deseja continuar desconhecendo.

Vera percebe que a amiga precisa falar e pergunta: — A que se deve o medo?

Na certeza de que Ana vai dar o passo necessário, ela espera até ouvir: — A simples ideia de ver João no estado final é aterradora. Se eu tiver que ver mesmo...

Precisa sobretudo evitar a realidade.

Vera hesita. Não sabe o que fazer para que a amiga consiga encarar os fatos. Vera se levanta e diz uma frase em latim: — *Ave imperator, morituri te salutant.*

Diz isso abruptamente, como se a frase tivesse escapado.

— Deus meu!, responde Ana. — Isso aí é o quê?

— Salve, imperador, os que vão morrer te saúdam.
— Vera faz uma pausa e continua em seguida: — *Morituri*: os que vão morrer. Lembra?

— Não, não me lembro, Vera.

— Você estudou no ginásio...

— Mas eu esqueci, ora.

— Era a frase dos gladiadores romanos quando passavam diante do imperador. Iam saudá-lo antes da luta.

— Hum...

— Porque através da saudação o gladiador se apresentava como quem sabe da morte e não se comove com ela. O público queria isso.

— Verdade?

— E ele só era agraciado depois da luta se tivesse sido corajoso. Os espectadores agitavam os lenços, levantavam o polegar e gritavam *mitte*, pedindo que fosse perdoado. Se o imperador aceitasse o desejo do público e também levantasse o polegar, o homem saía vivo da arena.

— E quando não tivesse sido corajoso?

— Os espectadores baixavam o dedo gritando *iugula*, para que fosse degolado. E o imperador ordenava a imolação.

Aí o que se esperava é que ele estendesse o pescoço sem fraquejar. Consta que nunca um gladiador se esquivou quando iam cortar a sua garganta.

— É mesmo?

— Foi o que eu li.

E a isso Vera acrescenta: — O fato é que naquele tempo quem ia morrer saudava quem ia viver. João pede que você o visite, aceite saudar quem vai morrer...

fazer

pouco

da

morte

é

fazer

pouco

da

vida

Ana volta para casa de táxi.

Marco não está. Recado dele para mim na secretária? Sim. *Estou às voltas com uma equação complicada. Preciso ficar na universidade.* A mesma coisa de sempre. Uma equação complicada... E a enciclopédia o que diz sobre a gladiatura? A B C D E F G, gladiar, gladiatório, gladiatura.

Lê o texto visualizando os gladiadores, suas túnicas vermelhas. Imagina-os dando a volta na arena até o camarote imperial e pronunciando aí a saudação fatídica: *Ave imperator, morituri te salutant.*

Descobre arrepiada que a isso se seguia o exame das armas — para eliminar a lança que não matava, a lança sem ponta. Só depois começava a luta, que um capataz dirigia instigando os opositores a matar. *Bate, queima, degola...*

Bate, queima, degola, Deus meu! E o pescoço do vencido era cortado... e o corpo do jacente retirado da arena. Daí ia o servo revirar a areia ensanguentada. De dar engulhos.

Surpreende-se ao ler que a honra do vencido implicava o rosto impávido no momento de morrer. Por que será? Porque o gladiador fazia pouco da morte ou da vida?

— Fazer pouco da morte é fazer pouco da vida, diz a libélula, pousando em cima da mesa.

Ana fixa a libélula na esperança de decifrar a frase.

Faz pouco da vida quem declara a guerra. Mas também quem não olha o pôr do sol, quem não olha a lua e as estrelas… João sabe do sol e das estrelas e sempre considerou que só lucra perdendo tempo com os amigos, escrevendo cartas e bilhetes para acompanhar os seus buquês.

Sente o cheiro inesquecível das angélicas e tem vontade de tomar o avião para São Paulo. Mas não segue o ímpeto, se entrega ao sono. Cochila sentada e tem um sonho. A avó está morta no caixão e a mãe a impede de se aproximar. *Melhor dizer adeus de longe*, diz a mãe. *Da porta, Ana, aí de onde você está.*

Acorda assustada, lembrando que na realidade foi assim, e se pergunta a que vem este sonho em que a mãe a afasta da morta. Na falta de resposta, abre a janela para esquecer. Apesar da luz dos refletores, não há mais ninguém na rua e o sentimento é de desolação. Por sorte, a lua está no céu, a pedra granítica do Leme cintila e a água do mar irradia luz.

quando

a

morte

se

apresenta

nós

não

estamos

Ana se volta para dentro ao ouvir: — Sua mãe desejava que você ficasse a distância. *Melhor dizer adeus de longe...* E, por isso, você agora não sai do lugar.

De onde a libélula tira o que diz? Como pode saber o que eu ignoro? Possível mesmo que eu tenha sonhado com a avó morta para não visitar João?

Procurando entender, examina detidamente a libélula, que a impressiona por ser tão delicada e tão resistente! Maravilha-se até ouvir: — Quando a morte se apresenta, nós não estamos. Quando nós estamos, ela não está.

Repetindo a fala da libélula, Ana percebe que leu a frase na enciclopédia.

Claro, uma frase dos romanos. Intrigante. Será que eles foram capazes de consolar os amigos antes de morrer porque sabiam que nós não estamos quando a morte se apresenta? Se não estamos, não há por que temê-la. Sêneca só abriu as veias depois de consolar os amigos por ser um romano, conclui ela.

João o que quer com a carta, com o não tenho como não dizer que o tempo que me resta é pouco. Anuncia a própria morte escrevendo não tenho como não, desculpando-se pela dor que a sua perda vai causar, o que já é consolar. O que me resta senão tomar a ponte aérea?

— O amigo é um filósofo, e não um gladiador, comenta a libélula, que está no parapeito da janela.

— O quê? Explica.

A libélula não responde. Para fazer Ana contar consigo mesma?

O fato é que ela pensa e diz: — O gladiador precisava ser indiferente à morte. Do contrário, não sobreviveria. Só podia ignorar o consolo. A coragem dele era a de quem tanto vivia na indiferença quanto na ignorância. Já a do filósofo é a de quem suporta perder a vida e consolar o amigo que vai perdê-la. Por um lado, a força da lança; por outro, a da delicadeza.

— A força de quem sabe que todos vão morrer...

— Verdade, completa Ana, vendo a libélula cintilar como se fosse uma estrela.

pior

é

o

luto

Quando Marco chega, já é quase madrugada. Ana está dormindo no sofá do escritório. Pela desordem, os livros no chão e as folhas de papel amassadas, Marco supõe que algo de estranho aconteceu, mas prefere deixar a esposa dormir.

Deita e acorda às oito. Ana ao seu lado, ansiosa para falar.

— Bom dia, diz ela.

— Que horas são?

— Não sei...

— Então é hora de transar.

— Não, agora não, protesta, já mostrando a carta de João, que Marco lê depois de escovar os dentes.

Lê e se limita a indagar quando ela vai a São Paulo.

— Hoje mesmo. Já telefonei para a caçula de João. Você me acompanha?

— O quê? Impossível.

Contrariada, ela engole em seco e sai do quarto, do apartamento, do prédio...

Quer pôr os pés na areia antes de mais nada.

Marco é indiferente... Quando então você vai? Não pergunta porque se importe com o que me acontece. Ao contrário, pergunta para se livrar do que me acontece. Calada para continuar casada... *O pior é João se finando, eu agora sem ele.*

Ana entende por que a sua personagem, a princesa, queria um homem de quem nunca se separasse, e lembra o que a irmã da heroína diz depois da sua morte: "Do amado minha irmã não se separou. A Mercedes derrapou, bateu, virou e bateu de novo. Ele morreu na hora. Ela ainda foi para o hospital. Adiantou o médico abrir o tórax e massagear o coração? Não, claro. Nada podia salvá-la da morte, que ela teria pedido aos céus para não ver o companheiro morto, para não viver esse luto. Queria um homem de quem nunca se separasse e o desejo se realizou."

Pior do que morrer é saber da morte do amado ou do amigo, se diz Ana. Com a morte, acaba a esperança de que João se cure. Vai-se quem não fala para ganhar, prefere sempre empatar. Vai-se quem tem como vocação a paz.

o clarão do fim

tudo

vale

a

pena

se

a

alma

não

é

pequena

Ana sobe, troca de roupa e logo desce para ir ao aeroporto. No térreo, o zelador abre a porta do elevador e diz: — A senhora está toda arrumada. Não vai à praia hoje? Com este sol, Dona Ana!

Como ela não responde, o homem conclui: — Compromisso é compromisso!

— Pois é, diz Ana, que logo se afasta.

Hora de conversar com o zelador ou quem quer que seja? Hora de ir em frente. O tempo que me resta é pouco. Não sei quanto. A data mesmo ninguém sabe. Condenados todos a ignorar a hora... Eu, o ciclista de Reebok amarelo, ou esta vendedora de jornais eternamente grávida que todo dia repete as mesmas manchetes. Mais aidéticos no país. Favelados mortos pela polícia. Estuprador faz outra vítima.

Ana vira as costas e cai inesperadamente no chão.

Quem socorre é o zelador, em cujos braços ela acorda.

— Dona Ana perdeu os sentidos...

— Foi, responde, reagindo logo. Não há tempo a perder, e só o que ela quer é tomar um táxi, chegar ao aeroporto. Quer vencer a dificuldade de ir.

Levanta dando a mão para o zelador, se arruma e se despede.

— Agora eu vou mesmo. Até logo.

— Vai com Deus e depois volta, diz o homem, dando a ela as palavras de que precisa.

Ana anda um pouco e tira o casaco. Mesmo na sombra, o calor é excessivo. Um dia para vestido decotado, e ela está de *tailleur* porque a visita requer isso. *Tailleur* de linho tão branco quanto luminoso para o encontro com João, que ousa anunciar a própria morte. Ninguém ousa. A morte? Ora... não é um bom tema. Tudo para negar a sua existência. *Não falar* é a palavra de ordem. A palavra a que Ana está sujeita, ela e os outros na calçada.

Onde está o táxi que não chega? Onde, Deus meu?, pergunta-se Ana, irritada, quando um menino estende o braço oferecendo um buquê de flores.

— Compra, dona.

Olha o pequeno de carapinha ruiva e vê uma lágrima no canto do seu olho. Fixando-o, percebe que tem uma cicatriz na têmpora. Tanto estranha a tintura no cabelo quanto a lágrima, mas só se interessa por esta:

— E você está chorando por quê?

— Compra, dona, compra, limita-se ele a dizer. Ou porque desconhece a razão da própria tristeza ou porque não quer revelar.

— Quanto custa?

— Dez.

Ana tira a nota e pega as flores. Considera que é um dever dar dinheiro a quem só tem como casa a rua.

Afastando-se, olha as rosas que são brancas. Lembra-se da expressão do amigo, *flower power*. Saudade. Só ele prega o poder da flor, que também é o de apaziguar. Saudade e pena de si mesma até lembrar de um verso citado por João. *Tudo vale a pena se a alma não é pequena.*

penso

nos

outros

logo

existo

Quando o avião aterrissa em São Paulo, Ana se precipita em direção à porta. Precisa descer antes dos outros para pegar um táxi logo.

— Para onde?, pergunta o chofer.

— Rua Augusta.

— Não posso subir a Augusta hoje.

— Você então me deixa perto.

O táxi se afasta do aeroporto e logo entra no centro da cidade, cujo céu está azul e surpreende Ana, que sempre o vê enfumaçado. No rádio, o locutor fala da tragédia provocada pela tempestade no dia anterior.

"José escapou ao flagelo da seca no Norte para morrer por causa da chuva no Sul. A família que mora ao lado teve mais sorte. A cama, que fica sobre dois macacos, pôde ser levantada, e todos se deitaram nela até a enxurrada passar; o pai, a mãe e três crianças... Quem mais sofreu foram as mulheres do barraco da frente. Uma quebrou a perna quando tentava salvar os móveis da vizinha. A outra, paralítica, passou a tarde na cadeira de rodas com água até o pescoço. Diz ela que a enxurrada entrou como se fosse o mar. Pede que limpem o seu cômodo, tirem o esgoto de lá. A água da favela, que era potável, pode estar contaminada..."

— Verdade?, pergunta Ana ao chofer.

— Vão vacinar em massa como sempre, responde ele.

O *como sempre* a autoriza a se manifestar livremente.

— Melhor seria terem evitado a enchente e a con-
taminação. Como pode a vida contar tão pouco? Todo
verão é a mesma história.

Ao dizer isso, lembra da frase do amigo, do PENSO
NOS OUTROS LOGO EXISTO, e se diz que deveria
ser o lema da cidade.

O táxi segue e o chofer para a alguns quarteirões
da casa de João. Na frente de um bar onde Ana entra,
para tomar um copo de água. Está bebendo quando
um bando ruidoso de homens vestidos de mortalha se
atropela porta adentro.

De mortalha por quê? Que horas são? Meio-dia no
relógio da parede. Meio-dia do sábado de Carnaval.
Daí a roupa. Todo ano eles tomam a rua. Zombam da
morte fazendo dela um espantalho. Zombam dos vivos
lembrando que a morte existe.

*O teu tempo está contado. Aproveita e ri. O teu corpo
um dia será o do cadáver. Aproveita e dança. Deixa que
o ritmo tome os teus pés, as tuas pernas, o teu traseiro...
Curioso, o clóvis existe para a gente se alegrar, ele é um
mensageiro da alegria.*

penso

na

morte

logo

resisto

Ana se entrega ao riso e os foliões pulam em torno dela. Uma, duas, três voltas... Quantas mais? Sabe que desistirão se ela não perder a paciência. Ou se valer — por que não? — do *flower power.*

— Rosas para os mortos, diz, tirando uma a uma do buquê e já espetando nas mortalhas. Na manga, no ombro ou em cima do peito.

Com a última flor, ela faz diferente. Arranca as pétalas e solta no ar. Como se fosse uma unção. Os clóvis aplaudem e Ana sai do bar.

Ao olhar para trás, observa que as crianças estão assustadas. Pensa na mãe, no medo da morte que ela incutia. "Não fale disso, filha." Ou: "Dona Maria está às voltas com a prometida. Melhor não ir tanto lá." Será que a mãe dizia isso para afastar o risco da morte?

Aperta o passo e só para olhar dois rapazes num conversível branco. Um está de véu e grinalda, biquíni cor de prata. O outro se exibe com uma cabeça de burro, sunga e salto alto.

Travestis? Talvez sim, talvez não. Seja como for, se valem do Carnaval para fazer pouco da diferença dos sexos. Quem diz que eu não posso gingar? O de véu e grinalda está de meia-calça, só que o fio não passa pela barriga da perna. Passa pelo joelho em direção à virilha. E a meia, que é rendada, tem um furo. Grotesco, mas livra do medo do ridículo. A ordem aqui é debochar. Pode um homem se comportar como uma mulher, um adulto como uma criança, sair assim fantasiado de recém-nascido — chupeta na boca e um imenso babador. E quem é vivo se apresenta como se fosse um morto... Para isso, basta um saco de lona.

Simples, conclui Ana, se perguntando como pode um vivo encontrar um morto, ela ter com João depois da sua morte.

o

que

importa

é

dançar

Teria afastado a ideia de encontrar João depois da morte não fosse a fala da libélula.

— Você então não sabe, Ana, que os mortos circulam entre os vivos? Nós hoje não os enxergamos. No passado havia quem enxergasse. Na Idade Média, um monge viu dez homens vestidos de branco entrarem na igreja, eram dez mortos a caminho do país dos bem-aventurados.

Ana se lembra de ter lido a história. Vestidos de branco e com uma estola púrpura... Mas por que a libélula fala disso agora? Para afastar o medo da morte?

Faz a pergunta para si mesma e percebe que a libélula muda de cor. Do azul para o verde. A cor da esperança novamente, conclui, já recomeçando a andar.

Caminha mais e mais depressa. Para vencer ainda a tentação de não ir? O conselho da mãe acaso age ainda no seu subconsciente? *Dona Maria está às voltas com a prometida. Melhor não ir tanto lá.* Um conselho que ensina a evitar o moribundo e agora significa evitar João.

Um quarteirão e ela se diz que deseja morrer de enfarte. Quer evitar a consciência do fim?

Atravessa a rua e para novamente, olhar o bloco que passa. Três mulheres que são três imensos corações. Uma morena, uma loira e uma negra. Além do rosto, só mostram as pernas e os pés nos tamancos de Carmen Miranda. Virando-se, exibem o traseiro porque estão de fio dental.

O bloco se aproxima e Ana ouve o samba.

Linda morena, morena
Morena que me faz penar
A lua cheia que tanto brilha
Não brilha tanto quanto o teu olhar

Pela elegância, as três merecem o *Linda morena*. Com o sapateado nasce a bela, com o riso e a exibição. Será mesmo que precisa cobrir o mamilo? A bela se vale de purpurina para fazer o mamilo cintilar. No púbis, um triângulo ou a folha da vinha, que é tradicional. Todas seminuas, e não é para transar. Seminuas para dançar. *Não vem que tem.*

O que importa é dançar. E ver as cores que, durante o ano, ninguém vê, as que só aparecem com as novas combinações do Carnaval. Quem diz que o verde não é o complemento do azul? E o verde se multiplica. Tons de verde se acasalando com tons de azul. Vestido cor de limão e smoking azul-marinho. Ou verde-manga e um azul da cor do céu.

a

morte

é

um

bom

tema

Ana sonha de pé quando uma moça se coloca à sua frente, gritando.

— Compra, dona, compra uma.

Assusta-se vendo as duas máscaras que a vendedora oferece.

— Qual delas você quer?

Ana fixa as máscaras — palhaço e diabo.

No fundo tanto faz. O personagem não existe no Carnaval. Só o folião existe para dançar e inventar a própria coreografia. Viver três dias e três noites para o corpo e celebrar a liberdade de viver assim. Palhaço ou diabo, Ana? Pelo simples fato de ser ridículo — bola vermelha no lugar do nariz —, o palhaço faz rir. Já o diabo assusta.

Vendo que Ana não se decide, a moça grita: — E então, dona? Compra... É para o leite das crianças.

— Das? — retruca Ana, surpreendida.

— Para os dois meninos.

— Que idade?

— Três anos um, seis meses o outro.

— Onde estão eles?

— Ali, diz a moça, indicando na rua o bebê que dorme no colo do maior.

— Deus meu! E você?

— Eu o quê?

— Quantos anos?

— Dezessete. Parece mais, dona? Sei que estou judiada, diz ela sorrindo, como se não vivesse para mendigar dia e noite o leite das crianças.

Como ri na sua condição?, se pergunta Ana, quando uma batida de carro suspende tudo. Um *Deus, meu Deus* e o pânico. O que fazer no meio da gente que se precipita para ver o acidente? Deixa-se empurrar até a chegada do guarda, que logo afasta os curiosos. Não quer ninguém perto do carro, da moto ou do cadáver. Mas Ana enxerga o corpo que se esvai num fluxo de sangue, o cérebro que, além de exposto, está esmigalhado.

Deve ter quinze anos. O senhor de meia-idade que gira em torno do morto gira como um autômato, o rosto voltado para o alto, os braços estirados para baixo e a palma das mãos virada para a frente. Faz pensar no Cristo. Não há dúvida de que ele é o responsável. Acaba de ser crucificado pelo destino. Ao seu lado, uma mulher de cabelos brancos chora.

Como pode a vida mudar completamente numa fração de segundo? O jovem agora só existe no cadáver. O responsável pelo acidente está exposto a uma pena que ele procura ignorar girando... uma pena com a qual a mulher também arcará. A morte repentina pode ser de todas a pior. Como pode ser tão desejada? Só mesmo para evitar a consciência do fim... Nasce, cresce e morre na paixão da inconsciência. Daí fica o corpo na rua... Quando não fica entregue aos urubus. Na estrada, na floresta, no rio... Não é à toa que no passado a morte súbita era considerada desonrosa, dava medo, coisa de que não se devia falar. Que razão existe hoje para se desejar morte tão traiçoeira? Ou então morte que seja clandestina, sem cerimônia ou testemunha alguma? Certo está João de se preparar para o fim.

— Verdade, diz a libélula, pousando no ombro de Ana.

Para que a libélula faz isso? Para acalentar? O fato é que, ao ouvir a sua voz, Ana conclui que só quem não se ama não se prepara para a morte.

a

alegria

é

a

porta

da

esperança

Não fosse o *Só me resta pouco tempo* e o *Venha o quanto antes*, sem essas duas frases de João, Ana teria continuado sujeita ao medo infligido pela mãe.

Por ter anunciado o próprio fim, João deu a ela a possibilidade de pensar na morte em vez de se descontrolar. Por isso, Ana se diz que o rapaz cujo cadáver ainda está na rua teria evitado a moto se não negasse a possibilidade de morrer. Não teria se sujeitado a um fim assim violento, brutal.

A morte já não é para Ana um tabu, um tema proibido. Graças ao *Venha o quanto antes* de João, ela já não ignora a importância da última vontade e da despedida.

A luz um dia inevitavelmente se apaga, Ana considera, olhando para o cadáver. Só que, antes disso, é possível adiar o fim. Com a palavra que diz *te quero* ou *preciso ouvir a tua voz*.

Pensa no amigo quando o som de uma batucada toma a rua e ela escuta um samba cantado com devoção.

> *Eu chorarei amanhã*
> *Hoje eu não posso chorar*
> *Um dia pra gente sofrer*
> *O outro pra desabafar*
> *Eu chorarei amanhã*
> *Hoje o que eu quero é sambar*

O Carnaval não pode parar, nunca pode, da Idade Média até hoje. Porque afasta a tristeza. A gente se renova e se salva. A ordem quando alguém morre é chorar, mas o Carnaval não se submete à ordem, convida quem está vivo a se alegrar. Momo é como Buda, tudo para ele é relativo. Um dia chove, no outro bate sol. Nem a morte suspende a festa de que a gente precisa para viver. A morte não pode ser usada contra a vida. Queiram ou não, Momo vai reinar. A máscara, a fantasia e a folia. Por que não? A alegria também abre a porta da esperança.

Ana procura saber de onde a batucada vem. Tem a sensação de que ela vem do céu, mas sabe que é da terra, que os anjos ali são todos miscigenados e só tocam tambores. Trombetas, não.

a
coragem
nasce
da
necessidade

O azul do céu não a impressiona. Ana segue tão indiferente a ele quanto às árvores eternamente verdes. Nada a comove neste momento senão a perspectiva de chegar, anunciar a sua presença e subir.

Perto da entrada se encosta na grade do prédio. João terá sido avisado pela caçula? Vai me receber no quarto ou na sala? E eu a ele digo o quê?

Não sabe o que falar, mas se arma de uma última coragem e entra. O interfone toca duas vezes antes de uma voz masculina perguntar: — Quem é?

Não reconhecendo a voz, ela responde: — Ana.

— Pode subir.

Quem abre a porta no primeiro andar é um baixinho que a cumprimenta sorrindo: — Bom dia. Pode entrar.

Ana se acomoda confortavelmente numa poltrona. Examina o mobiliário. Além de uma estante, só um sofá e uma mesa de centro. Na estante, há mais fotos do que livros, e ela se levanta para ver. Encontra sua imagem entre várias outras. Sorrisos conquistados só com flores.

Flower power, murmura, lembrando-se dos crisântemos, dos lírios e das rosas… Das fotos, passa para uma das frases coladas na estante:

A ALEGRIA É A PORTA DA ESPERANÇA.

Como é possível que o meu pensamento esteja aqui? O pen-
samento que me ocorreu ouvindo a batucada? Ou será que
ele nem é meu nem é de João? Talvez seja de quem todo
ano dissemina religiosamente a alegria: o povo.

Descobre outra razão pela qual o amigo é um filósofo popular e por isso gosta ainda mais dele. Para evitar o choro, vai até a janela olhar o sol. Não há ninguém na rua e as árvores encontram-se tão paradas quanto as casas.

O mesmo silêncio fora e dentro quando Ana ouve um súbito barulho metálico.

o

humor

é

a

delicadeza

do

desespero

O amigo chega na cadeira de rodas. Está vestido normalmente, mas sem sapato. De meias vermelhas. Apesar da cabeça raspada e da magreza extrema, pela intensidade do olhar, ele é o mesmo de sempre.

— Bom dia, diz ela, esquecida de que ele não fala.

João só faz indicar com um gesto o sofá.

Me olha como se fosse a última vez, pensa Ana ao se sentar.

O enfermeiro encosta a cadeira no sofá.

Por que esta disposição que me impede de olhar para João? Como se já não bastasse não poder escutá-lo.

João teria mudado de lugar se o enfermeiro não encaixasse logo nos braços da cadeira um retângulo, onde está o alfabeto impresso, as letras em quadradinhos. Olha para elas e se sente aliviada. Basta João associar uma à outra para se comunicar, e ele parece renascer quando recebe do enfermeiro uma varinha. De condão, se diz ela, atentando para a mão do amigo, que, embora trêmula, se desloca com energia de uma letra para outra.

Tamanha rapidez que Ana não consegue ler.

— Devagar, repete.

Como João não atende, ela brinca: — Você precisa aprender a ter paciência com os amigos.

O humor faz a mão ir contidamente do S para o E e para o I.

— SEI, diz Ana em voz alta, antes que a varinha toque o D, o I, o S e depois pare na letra O.

— DISO?, indaga, olhando a mão que então bate duas vezes no S.

— Entendi. Não é DISO, é DISSO, SEI DISSO, exclama, antes de rir, lembrando que para João o humor é a delicadeza do desespero.

Ao riso segue-se um novo silêncio, interrompido por um comentário de Ana sobre uma foto da filha do amigo.

— Tão bonita!

A varinha se agita e a frase se forma:

VOCÊS SÃO PARECIDAS.

Ana agradece o elogio, desviando o olhar para a mesa de centro, onde o enfermeiro acomoda uma bandeja com um copo de água. Como pode o amigo ser galante na sua condição?, pergunta-se, antes de perceber que o galanteio faz a esperança existir e mantém acesa a luz de João, que agita agora a varinha sem o devido controle e só enfim escreve: VOCÊ É ÚNICA.

Tão única quanto a primeira estrela. A que nem é do dia nem da noite. Vênus, que aparece velando o dia e desvelando a noite, mágica como uma vara de condão.

Vendo o descontrole do seu paciente, o enfermeiro intervém: — Meia hora, dona Ana. Mais do que isso infelizmente não dá. São ordens do médico.

A varinha de novo se agita, e só para quando o enfermeiro enfim entende o que João quer: o pacote que está em cima da mesinha, o presente de Ana.

perder

não

é

deixar

de

ter

O objeto bem apertado na mão, Ana desce e se afasta rapidamente. Atravessa os quarteirões sem olhar para o que vê. Tantas pessoas no caminho e nenhuma com quem ela possa se abrir. Como não lamentar a perda de quem sempre a ouviu e consolou?

— Como? Como?, insiste a libélula, girando em torno de Ana.

— Parece um helicóptero...

— Por que você divaga? Responda!

— Como? Procurando talvez um coração que eu possa amar.

— Claro. Melhor reparar a perda do que lamentar continuamente a sorte.

— Do contrário, eu tanto perco quanto deixo de ter um amigo. Não é isso que João quer.

— Não, não é isso, diz a libélula, antes de concluir dizendo que perder nem sempre significa deixar de ter.

Para estar ainda com o amigo, Ana abre o presente. Um disco. No meio das canções, uma cujo nome é "Quando eu morrer". Desconhece a letra, mas, pelo título, quer ouvir. João não a escolheu por acaso.

Não, ele faz tudo de propósito. NÃO FAÇA NADA POR ACIDENTE, FAÇA TUDO DE PROPÓSITO. Tudo. E o encontro não podia ter sido melhor. Mesmo na cadeira de rodas, ele não perdeu o humor. Menção à morte, só depois da despedida, através do samba, do "Quando eu morrer". João sabe que a delicadeza requer a dissimulação.

Pode Ana não gostar de João e das palavras que ele escolheu para ela? Precisa ouvir o disco o quanto antes. O que faz? Vai para a casa da mãe, que mora na cidade, ou toma o avião para o Rio?

Na dúvida resolve andar um pouco mais. Porque não ignora que é necessário esperar para saber. Aprendeu isso com a libélula, que, mais de uma vez, deixou Ana com uma questão para a qual ela só depois encontrou resposta?

para

se

divertir

um

apito

basta

O Carnaval toma a cidade, e a rua é só para brincar. Não adianta ter pressa. A buzina? Só para chamar a atenção sobre si. O relógio? Hora de se alegrar. Quem não tem fantasia sai de máscara. Ou se basta com um apito e um chapéu.

> *Com pandeiro ou sem pandeiro*
> *ê, ê, ê, ê, eu brinco*
> *Com dinheiro ou sem dinheiro*

O Carnaval é o reino do improviso. Quem não tem, inventa. A menina veio do subúrbio rebolar. Um saiote de tule e um chapéu de purpurina bastam para mostrar o quanto ela pode. A outra menina, além da batucada, só precisa de uma cabeleira loura. Já nasceu prometida à dança e ao fio dental. A vergonha? Ora... E ela está descalça. Uma índia no asfalto. Tão da África quanto da Ásia. E este homem de cabelos longos, seios postiços e sapatos de Carmen Miranda? Faz isso para debochar das mulheres ou para ser mulher pelo menos no Carnaval? O outro roda a bolsinha e segura com a esquerda a barriga de grávida. *Yes*, nós temos o ventre e a força. E as frutas todas, naturais ou plastificadas, para fazer um colar, usar como pendente ou berloque, meu bem. Banana, manga, laranja, abacaxi. *Yes*, nós temos... Para comer e para rir. Os herdeiros do riso.

Tanto a mulata dos pés no chão quanto o homem que se travestiu. Só não entra na dança quem é ruim da cabeça ou doente do pé... Só não canta quem não é da terra e é para ser da terra, ser um entre os outros, que o menino canta, para estar três dias esquecido do que não lhe dá prazer. Quer as máscaras e as fantasias e as pedras preciosas. Pelo brilho e pelas cores. Com os olhos ele tudo come: os diamantes, as turmalinas e as esmeraldas. Quem diz que o brilho não alimenta? Até engorda. A mulher se fantasiou de zebra e o homem de tucano. A flora e a fauna... As babuchas vermelhas no quiosque. Para o árabe rebolar. Reinventa! A ordem é essa. E a própria festa todo ano se renova. Nunca um corso ou um baile de máscaras foi igual a outro. Em Veneza ou no Rio de Janeiro... Três dias e três noites para a gente ver o mundo como criança. Na Itália, na França ou no Brasil... Momo abre a porta da infância. Uma máscara basta para entrar, um vestidinho de lamê.

— Mas eu hoje não tenho como, não posso sambar, diz Ana em voz alta.

E dá as costas para os foliões. Pode aquele ser o último dos Carnavais. Vai tomar o avião para o Rio e se fechar em casa com a tristeza. Nem tudo se pode, diz para si mesma, pouco antes de ver o mais luminoso dos carros alegóricos aparecer na esquina. Como um clarão.

a

morte

é

uma

estrela

invisível

Uma caveira prateada fulgura no centro do carro alegórico. Arrebatada pelo ritmo, a mulata quase nua sapateia sobre ela. Cabeça voltada para o céu. Os seios e o traseiro como pomos. De tão tomada, ela toma os presentes um a um.

Na base do carro, Ana lê *2000*. Trata-se de uma alegoria do fim do milênio, e, além da mulata, só há crianças fantasiadas de libélulas. Por que será? Percebe pelo adereço de mão — *Ano 2001* — que os meninos e as meninas ali estão como símbolos do próximo milênio. Surpreende-se ouvindo-os cantar.

> *Quando eu morrer*
> *Não quero ninguém chorando*
> *Quero uma mulata*
> *No velório rebolando*

"Quando eu morrer" é o samba do disco presenteado por João, que não quer o choro de ninguém. Nem o dos outros nem o meu. Pede a mulata rebolando. Que ela enterre a tristeza com os pés, que, sapateando, sirva de coveiro. Pisa, mulher! Dança para esquecer o cadáver. O morto, não. João quer a alegria para ser rememorado. Não chora, Ana, não há quem possa desperdiçar um só minuto. O que a morte ensina é isso. Hoje está. Amanhã ninguém sabe. Dança para celebrar a vida e para celebrar a morte, que, não deixando

perder tempo, não deixa perder a vida. Ela cega quem tem medo e ilumina quem não tem. Não brilha e não é visível, mas é uma estrela porque faz achar o caminho. Quem dela não se esquece não se engana. Sabe para onde deve ir. A morte é uma estrela invisível.

Ana canta com os meninos e as meninas.

Não quero ninguém chorando. Sobretudo o filho. Vou fazer com ele o contrário do que a mãe fez comigo. Oferecer o "Quando eu morrer". Para que não se esqueça da morte e não perca a vida. Para que, na hora da despedida, ele possa se entregar ao riso e não sucumbir. Vou dar o samba no aniversário dos dezoito anos. Com o presente de João, os jornais do dia do nascimento. Precisa saber que a sua existência é datada, tem começo e tem fim.

Coberta de purpurina, a mulata raia no asfalto, brilha mais do que o sol.

Como Romeu para Julieta. Como João quando fala de amor. Porque ele ama a palavra. Sem esta, nenhum Romeu, nenhuma Julieta existiria. Ele só existe porque diz: "O céu está onde Julieta vive." Ela, porque diz: "As mais belas estrelas invejam os olhos do meu Romeu." Sem a palavra, nem Romeu, nem Julieta, nem João, nem eu, nem esta bacante que precisa da letra do samba, da palavra, para ser o sol do meio-dia e da meia-noite.

Olhando, Ana se deixa tomar pela batucada — como Ulisses no mar pelo canto da sereia. Está enfim na rua como se estivesse no teatro. Livre. Sua força é a de quem se deixa esculpir pelo ritmo. Sua beleza é a de quem se entregou à dança — não é igual à de ninguém. Sua vida é a de quem sabe da morte, vê a estrela invisível porque enxerga com os olhos do coração.

A sua hora é nova porque já não tem como aceitar continuamente o que a contraria e calar o que sente. Já não precisa entrar em cena para poder dizer *Nunca, nunca te esquecerei* e a frase *Calada para continuar casada* não faz mais sentido na sua boca.

Assim, esquecida do que não é o presente, segue atrás do carro alegórico. Só o que a ela importa agora, como aos outros, é o Carnaval. Porque a este se segue a Quaresma, tempo da privação.

No céu, uma libélula gigante sobe e desce. Inebriados pelo azul e pelo ritmo, os pássaros à sua volta giram em torno de si mesmos. Mais parecem adereços, cataventos coloridos de papel.

São Paulo, Paris, Rio de Janeiro
(1996-2000)

POSFÁCIO
SIGNOS ASCENDENTES

Estranhos os motivos pelos quais algumas pessoas se tornam celebridades. Ao que parece, não mais pelo talento realizado através do trabalho, mas por um conjunto de circunstâncias que termos como "mídia" e "mercado" encobrem, em vez de esclarecer.

Por isso, vale a pena examinar por que Carlito Maia é tão conhecido. Nos anos 1960, já era profissional de renome em publicidade e comunicação. Desde então, ganhou notoriedade por sua participação ativa em movimentos sociais e na política. Ao longo das últimas três décadas, em uma espécie de movimento à deriva, distanciando-se da linguagem instrumental a serviço dos negócios, dirigiu seu talento para a expressão e veiculação criativa de ideias. Sua "mídia" preferida, os buquês de flores, enviados aos amigos e, regularmente, às aberturas de palestras, debates e outros eventos públicos (eu mesmo recebi muitos), sempre acompanhados por frases, destacando-se não só pelo que diziam, mas pelo que sugeriam, que revelavam da dimensão humana do remetente ao expressarem simpatia, apoio, solidariedade.

Foi assim, por razões bem distantes da evidência circunstancial ligada ao escândalo, à exibição a qualquer preço, que Carlito se tornou um mito, ou, ao menos, um personagem cultuado. Por isso, não podia ser mais apropriado o registro elevado com que Betty

Milan começa *O clarão*, livro declaradamente inspirado na amizade dos dois. Mensagens enviadas junto com flores, e flores que conferem sentido à relação de João, designado como amigo da liberdade. Ele é o amigo de Ana (a protagonista), que também se quer livre e, por isso, nele se espelha.

O modo como *O clarão* foge ao lugar-comum, apenas tocando ou tangenciando fatos e personagens reais, talvez surpreenda quem esperava uma biografia, o perfil de Carlito; ou então, uma antologia de suas frases (que, aliás, já existe), um depoimento, um relato dos momentos dessa amizade. A maior parte dos trechos protagonizados por Ana retrata a ausência, a perplexidade e o desalento diante do vazio associado à saída de cena de João, recolhido ao silêncio, impossibilitado de falar. Assim, traduz para o modo literário algo essencial, aquilo que subjaz à amizade. Mostra a relação entre duas pessoas, e delas com a palavra. Ou melhor, mostra principalmente um entendimento da palavra como relação, como aquilo que pode unir as pessoas e humanizar relacionamentos.

Mesmo impregnado de alusões, metáforas e sugestões poéticas, quase tudo em *O clarão* é factual. Poderia ser "real", um registro de fatos efetivamente acontecidos: há praias e morros do Rio de Janeiro, cenas do cotidiano de uma carreira, um casamento, um filho, outras amizades. E duas festas, uma do Ano-Novo carioca, abrindo o livro, e um Carnaval paulistano, encerrando-o. Ambas estão associadas à passagem do milênio; por isso, a um fim e a um recomeço. No entanto, a narrativa sai desse padrão realista factual nas passagens em que intervém uma libélula falante.

Esse é um recurso de narrativa que poderia parecer destoante, quebrando a coerência do todo. Contudo, nesse acréscimo, há um ganho simbólico. Ele remete a um episódio protagonizado pelo poeta japonês Bashô, o mestre do haikai. Seu discípulo, o humorista Kikaku, havia produzido estes versos: "Uma libélula vermelha/ arranquem suas asas: uma pimenta." Ao que Bashô lhe respondeu: "Uma pimenta/ coloquem-lhe asas/ uma libélula vermelha." O episódio e os dois haikais são citados por André Breton no ensaio intitulado *Signe ascendant:* a pimenta, libélula sem as asas, ilustra o signo descendente; e a libélula, pimenta com asas, é o ascendente. Imagens, analogias e metáforas da poesia têm a direção ascendente, diz Breton; movem-se na direção contrária ao prosaico, depreciativo e depressivo.

Presumo que a ideia de introduzir esse símbolo tenha sido despertada por uma intuição poética, e não especificamente pela intenção de reproduzir essa argumentação de Breton. Desse modo, acaba por situar a relação entre "Ana" e "João", altamente sublimada, e, correlatamente, também a relação de Betty Milan e Carlito Maia, na ordem do ascendente. Por isso, é mediada não pela palavra banal, da linguagem empobrecida do dia a dia, mas por aquela que, condensada, se expressa através da frase sintética, que diz muito em poucas palavras.

Assim, o estilo de Carlito Maia acaba fornecendo um parâmetro para a própria Betty Milan, neste livro tão conciso em suas 192 páginas . Delicado, além de sutil, feito de subentendidos, *O clarão* vale por aquilo que é dito explicitamente e por suas entrelinhas. Algo que subjaz, latente, é a morte, aqui associada à interrupção da palavra. Nas passagens finais do livro, há uma cena que se passa durante o Carnaval, com um trajeto da protagonista ao encontro de algo, ao encontro do Nada, atravessando um cortejo de "clóvis", as máscaras mortuárias (lembrando desfiles mexicanos de *calaveras*, tão genialmente postos em cena em *Sob o vulcão*, de Malcolm Lowry). A protagonista transita no mundo do não verbal ou pré-verbal da corporeidade. Faz parte de um todo, ao percorrer as ruas da cidade animada, eletrizada pela festa.

Celebrante das diversas manifestações de Eros em outras de suas obras (sobre o Carnaval, o futebol, o amor), aqui, mais declaradamente, Betty Milan o confronta com a iminência de Tânatos. Como em nenhum de seus livros anteriores, de um modo muito mais dramático do que em *O Papagaio e o Doutor*, trata da grande contradição entre o mundo descarnado do signo e a imediata concretude do corpo. Junto com a derrota do corpo, o signo também vai desaparecendo e definhando, sublimando-se até ser apenas a luminosidade diáfana sugerida pelo título e por metáforas como a da libélula. No início da narrativa, João já não fala mais, escreve. Ao final, nem isso, apenas mostra letras de possíveis frases. Mas, ao fazer isso, resiste, permanece através do que escreveu, e deste texto incisivo, que indaga sobre o lugar da linguagem no mundo. Diante da perda da corporeidade, a palavra é transcendência. Desde que seja aquela tantas vezes exibida nas frases de Carlito Maia, feitas de signos ascendentes.

Claudio Willer

AGRADECIMENTOS

Christl Friederici, crítica literária. Pela leitura inteligente.

Cleide Eugênia Sampaio, trabalhadora do lar. Pelas tantas vezes que interrompeu o seu trabalho para ouvir o texto em curso e depois me dizer o que pensava.

Davi Arrigucci, crítico literário, por ter me dito que começasse tudo de novo.

Elizabeth Beaudenon Mangin, médica. Pela fé na ideia de que o escritor um dia — sabe-se lá quando — pode advir.

Maria Lucia Balthazar, psicanalista, pela escuta.

Mirian Paglia Costa, poeta, por ter me dado, desta vez, o tema do romance.

Mathias Mangin, meu filho, por ter sido o amigo do possível a cada vez que ele me leu.

Este livro foi composto na tipografia Bell MT (OTF),
em corpo 12/15,75, e impresso em papel off-white no
Sistema Digital Instant Duplex da Divisão Gráfica
da Distribuidora Record.